COSMO

LE DODO MC

Données de catalogage
avant publication (Canada)

Les Éditions Origo
Les aventures de Cosmo
Concept original de Pat Rac

L'Alliance 2 – L'Attaque
Cosmo le dodo
D'après une idée originale de Pat Rac
Illustrations : Pat Rac
Collaboration visuelle : Jean-François Hains
Responsable de la rédaction : Joannie Beaudet
Collaboration éditoriale : Neijib Bentaieb
Vérification des textes : Audrée Favreau-Pinet et Jessica Hébert-Mathieu

ISBN 13 : 978-2-923499-44-4

Les Éditions Origo, 2012 ©
Tous droits réservés

Directeur littéraire : François Perras
Direction artistique : Racine & Associés
Infographie : Racine & Associés
Capital de risque : Technologies HumanID

Dépôt légal :
Bibliothèque nationale du Québec, 2012
Bibliothèque nationale du Canada, 2012

Les Éditions Origo
Boîte postale 4
Chambly (Québec) J3L 4B1
Canada
Téléphone : 450 658-2732
Courriel : info@editionsorigo.com

Imprimé au Canada

Gouvernement du Québec – Programme de crédit d'impôt
pour l'édition de livres – Gestion SODEC

Cosmo le dodo est une marque de commerce de Racine & Associés inc.

Prologue

À la recherche d'un arbre à fleurs dans la jungle Enfouie de la planète filante, Cosmo et ses amis découvrent un village inconnu peuplé d'insectes géants.

La paix règne au sein de cette colonie grâce à l'Alliance. Le principe de l'Alliance est de préserver la vie. Chaque insecte s'engage à respecter la nature qui l'abrite, le nourrit et le soigne. L'Alliance est ce qui assure la prospérité de la colonie.

Lors d'une grande fête, nos héros intègrent cette Alliance. Une menace guette toutefois la colonie. Les Dourbons, une espèce d'insectes mercenaires aux pinces affilées, se préparent à détruire l'Alliance. Leur but est de mettre un terme à cette paix qui perdure. Depuis le début de l'Alliance, personne ne requiert la force des Dourbons. Ils ont donc l'impression d'être inutiles. En déclenchant une guerre contre l'Alliance, le chef des Dourbons redonne une raison d'être à ses troupes.

La colonie doit rapidement se préparer à défendre l'Alliance contre l'armée des Dourbons. Cosmo est perplexe : comment survivront les insectes face aux redoutables guerriers que sont les Dourbons? Bellule, la sage du village, est confiante : « Tant que nous avons la sève aux mille vertus, qui guérit tout, nous résisterons! »

Sauf qu'il y a un problème : la sève aux mille vertus vient tout juste d'être volée.

Aussitôt, Cosmo et ses amis accusent Tornu. Au lieu de se défendre, Tornu pointe une bouteille à vaporiser géante devant lui. C'est l'invent'œuvre des deux têtes, une substance qui fait rétrécir! Nos héros réalisent alors que les insectes ne sont pas géants, mais que ce sont eux qui ont été réduits accidentellement.

Quand cessera l'effet de la substance rétrécissante? Les deux têtes l'ignorent. Nos héros sont donc contraints de vivre au sein d'une colonie d'insectes où une terrible guerre est sur le point d'éclater.

CHAPITRE 1

À qui la faute?

Nous venons tout juste de découvrir que nous avons été réduits à la taille des insectes. Sous le choc, nous observons la bouteille à vaporiser géante qui contenait la fameuse invent'œuvre des deux têtes.

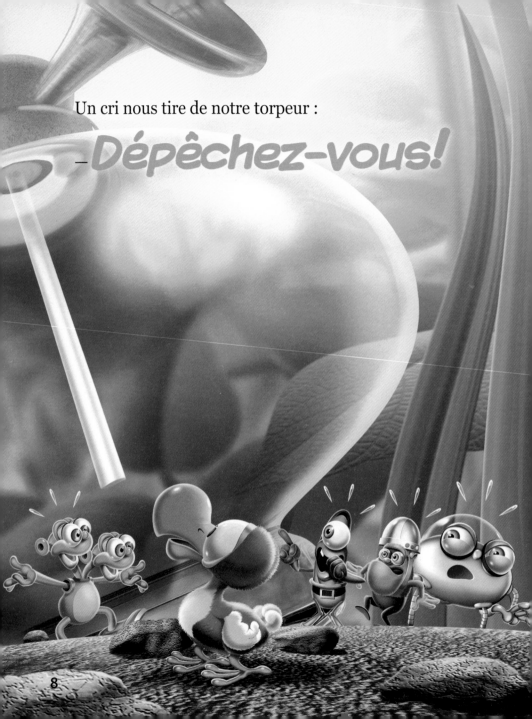

Un cri nous tire de notre torpeur :

– Dépêchez-vous!

C'est notre ami Danlemil.

— *Bellule, la grande zage, a convoqué une réunion d'urgence. Elle demande votre prézence,* zézaye nerveusement Danlemil.

Tornu lève les yeux vers le ciel.

— **Nous avons un bien plus gros problème à régler. Ggrr!**

— *Qu'y a-t-il de plus important qu'une imminente attaque des Dourbons?* demande Danlemil.

— **Cet idiot mauve nous a réduits à la taille de minuscules insectes,** explique Tornu en pointant du doigt Fabri.

9

— *Je ne suis pas un idiot!*
réplique Fabri, en colère.

— **Plus que jamais!** renchérit Tornu.
Ton cerveau était déjà minuscule avant d'utiliser l'invent'œuvre des deux têtes, imagine maintenant!

Tornu lance un regard accusateur à Fabri.

— **Comment as-tu pu te tromper de vaporisateur?**

— *Je ne pouvais pas deviner! Le contenant de la substance rétrécissante était identique à celui de mon chasse-insectes,* clame Fabri.

— **Tu ne devais plus toucher à ce chasse-insectes!** crie Tornu.

— *Je n'y aurais pas touché si tu ne m'avais pas effrayé avec ta légende de monstrueux insectes géants aux yeux rouges,* se défend Fabri.

— **À cause de toi, la légende des insectes géants est devenue bien réelle!** lance Tornu.

À ces mots, un silence plane sur notre groupe. Les nerfs à vif, nous sommes sur le point de craquer. Avant que Tornu ou Fabri ne se disputent encore, j'interviens :

— *Tant que nous ne retrouverons pas notre taille normale, nous devons nous serrer les coudes! Surtout avec la menace de guerre des Dourbons. Rejoignons Bellule.*

Dalienni nous guide jusqu'à Benuie. La grande sage s'entretient avec Cask, l'ingénieur, et Météox, l'insecte qui prédit la météo.

Plusieurs fois, leurs regards dévient vers le milieu de la pièce, là où se trouvait la sève aux mille vertus.

À notre approche, Bellule se tourne vers nous.

— *La situation est catastrophique,* s'inquiète Bellule. *Les Dourbons sont une espèce redoutable : leur carapace est solide comme le roc, leurs pinces sont affilées comme des couteaux et leur force est sans limite!*

Bellule regarde son auditoire terrorisé.

— *Nous devrons être bien préparés pour faire face à leur attaque,* reprend-elle.

— Sans la sève aux mille vertus, tout est perdu d'avance, lance Météox.

— **Les Dourbons nous infligeront de graves blessures!** crie Cask.

— Nous sommes sans défense! ajoute Météox.

— **Capitulez!** conseille avec détermination Tornu.

— *NON!* refuse Bellule.

— *Il existe zûrement une autre zolution!* s'exclame Danlemil.

— ***Nous n'avons pas besoin de nous précipiter,*** dis-je.

Toutes les têtes se tournent vers moi.

— *Les Dourbons attaqueront dans deux jours.*
Utilisons ce délai pour récupérer la sève aux mille vertus.
Après, nous déciderons si nous nous rendons ou non.

— *Je suis d'accord avec toi, Cosmo!* acquiesce Bellule.

La grande sage se lève et porte la main à son menton.

— *Qui a volé notre précieuse sève?*

Mes compagnons et moi tournons notre regard vers Tornu.

— As-tu quelque chose à avouer, Tornu? demande 3R-V.

— **Ggrr, non!** grogne Tornu. **Insinuez-vous que j'aurais volé la sève aux mille vertus?**

— *Pourtant, tu n'étais pas à la fête,* dis-je. ***Que faisais-tu?***

— **Je n'aime pas faire la fête, tout simplement! Tout ce vacarme, ça m'énerve.**

L'excuse de Tornu n'est pas très solide. Voyant que personne ne le croit, il se transforme en véritable avocat de sa défense.

– Je suis innocent,

clame haut et fort Tornu.

Avec une grande gestuelle, Tornu commence sa plaidoirie.

— **Tout d'abord, si j'ai pris la sève aux mille vertus, où est-elle?** Vous pouvez me fouiller, je ne l'ai pas!

De toute évidence, le vase est trop gros pour être dissimulé sur lui.

— **De plus, n'avez-vous pas dit que le seul moyen de résister à l'attaque des Dourbons était la sève aux mille vertus?** rappelle Tornu.

— *Oui,* confirme Bellule.

Tornu nous jette un regard persuasif.

— **Alors, si vous étiez un grand chef de guerre, comme Zark, quelle serait votre stratégie pour vaincre sans difficulté?**

Après une pause calculée, Tornu poursuit son raisonnement :

— **Votre première stratégie serait de voler cette sève!** Bellule ouvre grand les yeux.

— **Voilà le motif des Dourbons!** conclut Tornu. **Ce sont eux les voleurs, pas moi!**

— *Ton raisonnement est logique,* avoue la sage.

Bellule réfléchit tout haut :

— *L'intrusion de Zark et de son armée au milieu de la fête n'était qu'une diversion pour nous voler la sève aux mille vertus.*

— **Exactement!** ajoute Tornu.

Tornu a soulevé un bon point. Nos accusations se tournent maintenant vers les Dourbons.

— *Désolé d'avoir douté de toi, Tornu!* dis-je.

— *Vite!* Il Faut récupérer la zève, lance Danlemil.

— **Non, il faut fuir!** réfute Tornu. **Les Dourbons sont trop dangereux.**

La grande sage hoche négativement la tête.

— *La fuite ne servirait à rien,* affirme Bellule. *Les Dourbons nous pourchasseront jusqu'à ce que l'Alliance soit démantelée.*

Tornu se tourne vers le bonhomme mauve.

— **Fabri, partons de cet endroit! Ces insectes sont fous.**

— *Ces insectes sont mes amis!* défend Fabri avec courage.

— **Toi, Fabri le peureux, tu es prêt à affronter les terribles Dourbons pour sauver des insectes?**

De moins en moins sûr de lui, le bonhomme mauve acquiesce tout de même.

— ***Fabri a raison!*** dis-je. ***Nous devons tout faire pour empêcher les Dourbons de détruire l'Alliance. Infiltrons-nous dans leur campement cette nuit et reprenons la sève volée!***

Tous sont avec moi. Tornu lève les yeux en l'air.

— **C'est une mission stupide,** grogne Tornu. **Ne comptez pas sur moi pour vous aider,** ajoute-t-il en quittant les lieux.

***

Avec Danlemil et Bellule, j'élabore un plan pour infiltrer le campement des Dourbons. Devant moi, Fabri est nerveux.

— **Comment récupérer la sève sans attirer l'attention des Dourbons?**

— *Filis, notre spécialiste en camouflage, vous accompagnera,* **explique Bellule**

— **Où est-elle?** demande Fabri.

— *Filis? Elle est avec nous depuis le début. Regarde à côté de toi.*

Dubitatif, le bonhomme mauve se tourne.

— *Il n'y a personne à côté de..* **Aaah!** sursaute Fabri à la vue d'un insecte en forme de feuille qui sort du feuillage.

— *Je suis prête pour la mission,* lance Filis avec une voix feutrée.

CHAPITRE 2

Tête à tête

Notre plan est au point. Bellule nous salue. Durant notre absence, la grande sage a tant à faire pour préparer sa colonie à la guerre.

— *Revenez-nous vite avec la sève aux mille vertus. Soyez prudents!* dit Bellule avant de se plonger dans ses plans de défense.

Notre équipe quitte le village. Nous entrons en file indienne dans la jungle.

Filis ouvre le chemin, suivie de moi et de 3R-V; derrière nous se trouvent Fabri et Danlemil. Les deux têtes ferment la marche.

Comme l'avait prédit Météox, de gros nuages gris commencent à couvrir progressivement le ciel.

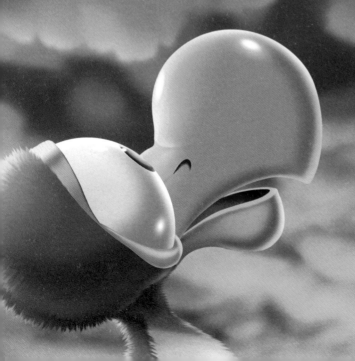

En route vers le campement des Dourbons, la spécialiste du camouflage nous donne quelques conseils :

— *Pour ne pas vous faire remarquer par les Dourbons, vous devez ne faire qu'un avec la nature! Observez le mouvement, les formes et la couleur de la nature qui vous entoure. Un bon camouflage, c'est l'art de se fondre dans son environnement,* explique Filis en murmurant.

Nous marchons en silence, attentifs à la nature. Seules les deux têtes discutent entre elles.

— Que faisons-nous ici? Nous aurions dû rester dans la colonie! grommelle Gauche.

— *Pourquoi? As-tu peur de l'aventure?* demande Droite

— Non, je ne suis pas lâche! Mais il faut trouver comment briser la coquille du fruit de l'arbre à fleurs. Sinon, cette magnifique espèce d'arbre disparaîtra à jamais, **répond Gauche, préoccupée.** Et sans arbre à fleurs, rien ne sert de sauver la colonie. Elle disparaîtra de toute façon.

— *Si au moins tu écoutais mes idées, l'arbre à fleurs serait déjà sauvé,* **lance Droite.**

— C'est de ta faute si nous n'avons toujours pas cassé la coquille du fruit de l'arbre à fleurs, **accuse Gauche.** Tes idées ne fonctionnent jamais!

— *Tes théories ne valent pas mieux, tu sauras!* **réplique Droite.**
Arrêtées au milieu du sentier, les deux têtes se font face.

— *C'est mieux que ton essai avec la grosse pierre! Tu as écrasé notre pouce gauche,* **déplore Droite.**

— Lancer le fruit au fond du précipice, quelle idée stupide! **Qui a dû aller le chercher?**

Nous! réplique Gauche.

— *Au moins, je n'ai pas fait bouillir le fruit, ce qui a probablement détruit la graine à l'intérieur,* lance Droite.

Offusquée, Gauche se défend :

— **Mon objectif était de ramollir la coquille! Scientifiquement, mon idée était plausible.**

— *C'est ton cerveau que tu as ramolli!* crie Droite, à bout de nerfs.

— **Et toi, tu as la tête plus dure que ce fruit!** réplique Gauche.

Les deux têtes se chamaillent. Au bout d'un moment, nous les perdons de vue.

CHAPITRE 3

Catastrophe

Bellule lève les yeux de son plan de défense à l'arrivée de Cask et de Météox. Les deux insectes sont paniqués.

Cask et Météox parlent en même temps. La grande sage ne saisit que les mots suivants : catastrophe, barrage, tempête et inondation. Lorsqu'elle comprend la nature du message, Bellule semble terrorisée.

— Êtes-vous en train de me dire que le barrage cédera cette nuit à cause de la pluie?

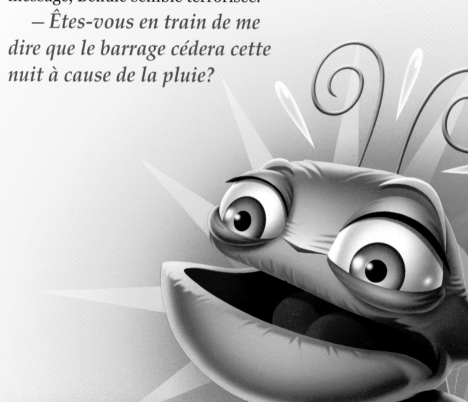

Les deux insectes hochent la tête, affirmatifs.

— *Es-tu sûr pour la tempête, Météox?*

— **AAaatchoum!** Mes antennes ne se trompent jamais! Ne sentez-vous pas le changement atmosphérique? Brrr! Une tempête est sur le point d'éclater au-dessus de nos têtes, **annonce Météox.** **Une pluie diluvienne,** je vous le prédis.

La grande sage se tourne vers l'ingénieur. À l'aide d'une carte, Cask explique le fléau auquel fait face la colonie.

— **C'est la catastrophe!**

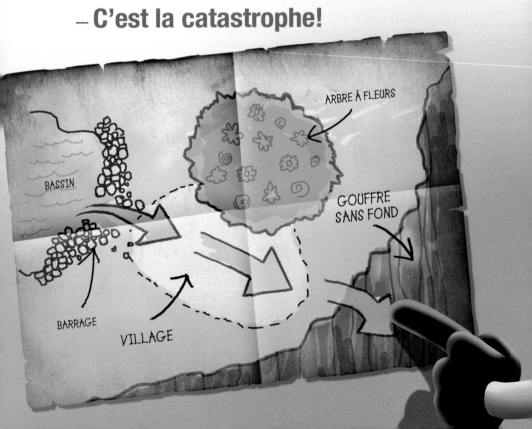

Je n'ai pas terminé la réparation du barrage. Il est encore très fragile. Une forte pluie fissurera la structure et le barrage cédera. L'eau du bassin se déversera alors dans le village, détruisant tout sur son passage. À la fin, l'énorme vague entraînera avec elle les insectes sur son chemin, jusqu'au gouffre sans fond.

Bellule ferme les yeux et se concentre.

— *Nous n'avons pas le choix. Évacuons les habitants du village,* **décide la grande sage.** *Que toute la colonie se réfugie sous les pétales de l'arbre à fleurs.*

Une bourrasque s'infiltre dans la pièce. Bellule tourne son regard vers l'extérieur. Elle a l'air songeuse. Derrière elle, Météox lui pose une question cruciale :

— **Atchoum!** Que faisons-nous quant à l'attaque imminente des Dourbons?

— *Remettons à demain nos stratégies de défense,* soupire Bellule.

— **J'espère que nous aurons assez de temps pour nous préparer,** s'inquiète Cask.

— *J'espère surtout que nos amis trouveront la sève aux mille vertus à temps!* murmure Bellule.

CHAPITRE 4

Chut!

Un coup de vent fouette les deux têtes. Droite et Gauche cessent de se chamailler et lèvent leurs regards vers le ciel. De gros nuages noirs le voilent.

— **Avez-vous vu la tempête** *qui se prépare?* lancent les deux têtes.

Aucune réponse. Les deux têtes font un tour d'horizon. Il n'y a personne. Oh! non! Droite et Gauche se sont égarées. La tête scientifique pointe dans une direction.

— **Nos amis sont partis par là. Suis-moi!** dit Gauche.

— *Non! Je les ai vus disparaître de l'autre côté,* affirme Droite.

À nouveau, les deux têtes se prennent la tête!

***

Nous avançons toujours plus loin dans la jungle. 3R-V jette un coup d'œil vers l'arrière.

— Où sont les deux têtes? demande le vaisseau-robot.

— *Nous devrions les attendre,* dis-je.

— *Notre temps est compté,* murmure Filis. *Vos amies nous rejoindront plus tard.*

La spécialiste du camouflage s'arrête une seconde.

— *Nous sommes tout près du campement des Dourbons. À partir de maintenant, plus un mot.*

Un claquement résonne dans nos oreilles.

— *Est-ce un Dourbon?* dis-je

Filis cherche le coupable. C'est Fabri qui claque des genoux! Il est terrorisé à l'idée de rencontrer des Dourbons.

— *Chut!* reproche Filis.

CLAC CLAC CLAC!

Danlemil avance aux côtés de Fabri.

— *Je tombe à pic, hein, mon ami?* rigole l'insecte.

Fabri décoche un petit sourire.

— *Tiens-toi près de mon dard, je te protégerai.*

Quelques pas plus loin, Filis nous arrête au sommet d'une colline. Au bas de la pente, j'aperçois la grotte des Dourbons.

— *La sève aux mille vertus est sûrement dans ce repère. Dissimulez-vous derrière ces feuilles,* pointe Filis. *Je reviens dans une minute.*

Nous regardons le vol de Filis. Elle virevolte comme une feuille jusqu'à la grotte. Devant nos yeux anxieux, Filis se faufile derrière un garde qui ne remarque rien. Elle s'engouffre dans l'antre de l'ennemi.

CHAPITRE 5

Il y a foule!

Sous le couvert des feuilles, nous attendons le retour de Filis. Le vent souffle de plus en plus fort.

— Météox avait raison, dit 3R-V. C'est un vent de pluie qui s'annonce.

De notre cachette, je capte un murmure inquiétant dans mon dos. Je me tourne et déplace quelques feuilles. Tout d'un coup, je fige. Tout près, il y a un Dourbon. Il est dos à moi. Mon regard dévie plus loin. Il y a des centaines de Dourbons regroupés. Sans faire de bruit, je recule.

— Qu'as-tu vu, Cosmo? demande 3R-V.

— *C'est un rassemblement de Dourbons!*

Fabri claque des genoux plus fort que jamais. Danlemil lui jette un regard grondant. En guise de menace, il pointe son énorme dard à Fabri. Le bonhomme mauve s'empresse d'attraper ses genoux.

— *Pourquoi zont-ils réunis?* s'inquiète Danlemil.

— *Approchons-nous pour le découvrir*, dis-je.

Cachés sous nos feuilles, nous nous déplaçons de quelques pas. Nous entendons alors la voix grave de Zark. Le chef des Dourbons motive son armée.

— **Notre heure de gloire est arrivée. Les derniers préparatifs seront bientôt terminés. Dans deux jours, nous attaquerons l'Alliance et nous la réduirons en miettes!**

D'un seul mouvement, tous les Dourbons claquent leurs pinces.

— Nous récupérerons notre raison d'être! En détruisant l'Alliance, nous redonnerons un sens à nos pinces.

CLAC CLAC CLAC

— Enfin, nos pinces serviront à quelque chose!

CLAC CLAC CLAC

Le chef des Dourbons a autre chose à dire. Il fait un grand geste pour réclamer le silence. Tous les Dourbons cessent leurs claquements de pinces.

Pourtant, un claquement résonne toujours au milieu de la nuit. **CLAC! CLAC! CLAC!**

Qui n'a pas écouté les ordres du grand chef? Les Dourbons s'accusent du regard.

Tout à coup, toutes les têtes se tournent vers notre cachette. Le claquement qui persiste est celui des genoux de Fabri. Je me tourne vers mon ami. La feuille qui cache le bonhomme mauve est trop petite. Le bout de sa tête et ses pieds sont visibles. Fabri s'est attiré des ennuis!

Un Dourbon attrape le bonhomme mauve. Zark arrive au même moment.

— Ah, ha! Je savais que tu étais un espion!

lance le chef des Dourbons avec sa voix grave. **Que fais-tu ici?**

— *Ri... ri...* bafouille Fabri, incapable de parler, paralysé par la peur.

— Quoi? Tu refuses de me répondre?

Fabri hoche vigoureusement la tête; trop effrayé, le bonhomme mauve bafouille encore :

— *Je... ne... Fais... ri... ri...*

— Tu fais rire mon armée? lance le chef des
Dourbons. Il s'approche et empoigne Fabri par le cou.

— **Maintenant,** se fâche Zark en resserrant ses pinces autour du cou de Fabri, **réponds à ma question! Que fais-tu ici?**

Fabri n'ose plus dire un mot. Il ne veut pas se fourvoyer une deuxième fois.

— **Qui t'a envoyé?**

— ...

— **Si tu ne réponds pas à mes questions, gare à ma pince!**

Le chef des Dourbons approche son visage de Fabri.

— **Je vais te faire parler!** menace Zark en serrant davantage le cou de Fabri.

À bout de souffle, notre ami se tortille.

CHAPITRE 6
Qui a quoi?

Je prends mon courage à deux ailes et je sors de ma cachette.

— ***Lâche-le!*** dis-je avec ma plus forte voix.

Tous les Dourbons se tournent vers moi.

— **Je savais que ce petit microbe mauve n'était pas seul! Toi,** ajoute le chef des Dourbons à mon intention, **réponds à ma question ou je découpe ton ami en mille morceaux. Que faites-vous ici?**

Zark resserre son emprise sur Fabri. Le bonhomme mauve est presque bleu. Incapable de voir mon ami souffrir plus longtemps, je dévoile notre plan au chef des Dourbons.

– *Nous sommes ici pour récupérer la sève! Maintenant, lâche mon ami Fabri!*

Le chef des Dourbons fronce les sourcils.

— **La sève? Ici?**

— *Ne le nie pas! Vous avez volé la sève aux mille vertus. Libère mon ami sur-le-champ!*

— **QUOI!** s'exclame Zark, avec joie. **La sève aux mille vertus a été volée?**

Confus, je fixe le chef des Dourbons.

— **Donc, la communauté de l'Alliance est sans défense!** lance Zark avec un rire diabolique. **Merci pour l'information, petite vermine!** ajoute-t-il, reconnaissant. **Nous écraserons la colonie sans attendre.**

Avec horreur, je prends conscience de mon erreur. Les Dourbons ignoraient tout à propos de la disparition de la sève aux mille vertus. À cause de moi, nos ennemis savent maintenant que la colonie est sans défense.

Nom d'un dodo! Si les Dourbons n'ont pas la sève aux mille vertus, qui l'a prise?

***

Plus loin dans la jungle Enfouie, Tornu est seul. Il déplace quelques feuilles. Devant lui apparaît un vase rempli d'une substance phosphorescente. C'est la sève aux mille vertus!

— **Oh! mon inestimable sève!** soupire Tornu. **Nous sommes enfin juste toi et moi.**

Tornu entoure de ses bras le vase de cristal.

— **Tu es la sève qui nourrit mes rêves de richesse! Grâce à toi, ma précieuse, je serai bientôt riche, riche, RICHE!**

Il regarde en direction de la colonie des insectes. Un remords envahit l'esprit de Tornu, mais ça ne dure qu'une seconde.

— **Dépêchons-nous de fuir! Je ne sais pas si Cosmo et les autres ont déjà découvert que les Dourbons n'ont pas la sève. Si oui, je n'ai pas beaucoup de temps pour me sauver!**

CHAPITRE 7

Qui z'y frotte, z'y pique!

Le chef des Dourbons pointe un doigt dans ma direction.

— Emparez-vous de lui, c'est mon prisonnier! Il ne doit pas révéler notre plan à Bellule!

Deux Dourbons foncent vers moi. J'évite avec adresse leurs pinces. Je fonce sur le chef des Dourbons. Il retient toujours Fabri par le cou avec sa pince droite.

— *Libère mon ami!*

Ahuri par mon courage, Zark recule de quelques pas. Il tente à plusieurs reprises de m'attraper avec sa pince droite. Le chef des Dourbons se fâche contre moi. Son visage est rouge de colère. Je saute en direction de Fabri, mais Zark m'attrape finalement le pied. Je suis pris au piège.

Mon cœur bat à toute vitesse.

— Tu ne manques pas de courage, petit. Malheureusement, personne n'échappe à Zark.

À côté de moi, Fabri peine à respirer. Il a presque perdu connaissance. Je sens la pince de Zark qui se resserre sur ma patte. J'ai très mal!

C'est alors qu'un sifflement attire notre attention.
C'est Danlemil!

– Qui z'y Frotte, z'y pique!
crie l'insecte qui fonce à toute allure vers nous.

Danlemil enfonce son dard dans le postérieur de Zark.
Sur le coup, le chef des Dourbons pousse un cri et
nous relâche.

Fabri reprend son souffle tandis que je frotte ma jambe. Je me tourne vers Danlemil. Le pauvre, son dard est cassé. Tous les trois, nous nous serrons ensemble. L'armée des Dourbons nous cerne.

— **Attrapez-les!** ordonne le chef des Dourbons, piqué dans son orgueil.

C'est alors que 3R-V sort de sa cachette. Le vaisseau-robot fonce dans la muraille des Dourbons, créant une ouverture. Il se place entre nous et l'ennemi.

— **Je vais les retenir! Sauvez-vous!** hurle 3R-V.

Sans perdre une seconde, Danlemil, Fabri et moi fuyons dans la jungle. J'entends derrière moi la voix de 3R-V, qui nous dit :

— **Dépêchez-vous de prévenir l'Alliance du danger qui la guette. Je m'occupe des Dourbons!**

Nous courons en direction du village. J'ai le cœur gros
à l'idée d'abandonner mon ami 3R-V.

CHAPITRE 8

Psst! Psst!

3R-V repousse les Dourbons qui foncent vers lui. BANG! BOOM! Leur carapace est si dure que les Dourbons sont vite remis sur pied. Rapidement, il y a trop de Dourbons autour de 3R-V. Il active ses réacteurs et prend son envol, mais un Dourbon saisit son aileron. Le vaisseau-robot s'effondre au sol. Immobilisé par les Dourbons, 3R-V ne peut plus bouger.

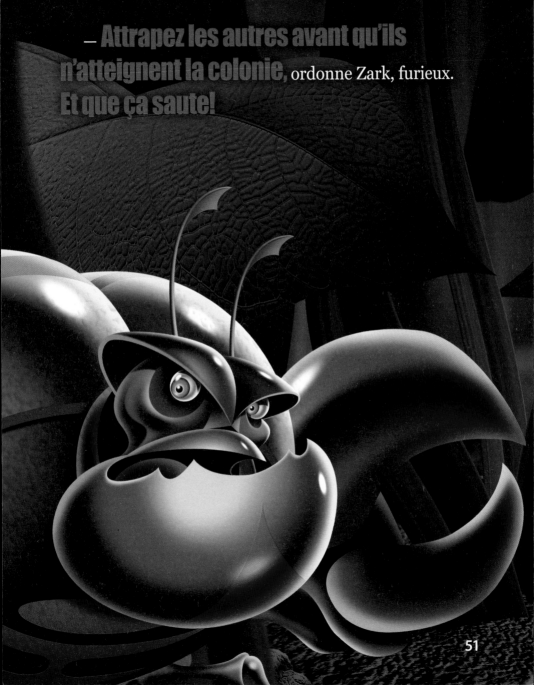

— **Attrapez les autres avant qu'ils n'atteignent la colonie,** ordonne Zark, furieux. **Et que ça saute!**

Fabri cherche toujours son souffle. Danlemil peine à voler avec son dard en moins; l'insecte ne trouve pas son équilibre. De mon côté, j'ai de plus en plus mal à la patte.

Je jette un coup d'œil derrière moi. Nous sommes trop lents. Les Dourbons se rapprochent rapidement de nous.

Venu de nulle part, un murmure attire mon attention.

— *Psst! Psst! Cosmo, c'est moi, Filis. Viens vers moi.*

Elle me dissimule sous ses ailes, qui simulent à la perfection les feuilles des plantes. Avec difficulté, Danlemil s'envole vers le haut de la végétation et se réfugie dans les hauteurs.

Fabri est laissé à lui-même. Il court de gauche à droite. Le bonhomme mauve cherche désespérément une cachette. Fabri se cache finalement derrière une tige trop étroite.

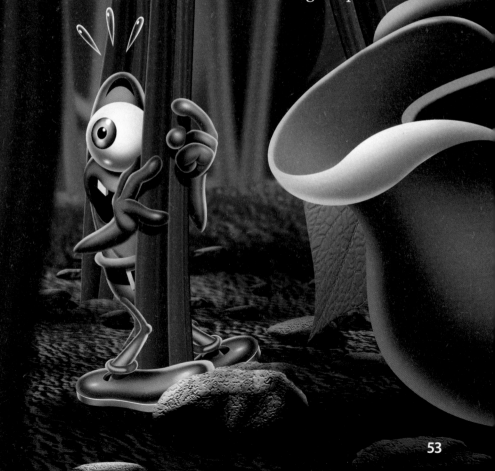

— *Fabri,* dit tout bas Filis, *tu es trop visible. Les Dourbons te verraient même les yeux fermés.*

Nos poursuivants sont presque sur nous. J'entends leurs pas. En panique, Fabri se lance à l'intérieur d'une fleur géante.

Les Dourbons passent à côté de Filis et moi sans nous voir. Avec leurs pinces, ils fouillent dans la végétation. Un des soldats Dourbons s'approche de la fleur géante de Fabri.

— **Oh! non!** dis-je. *Ce Dourbon risque de découvrir Fabri!*

Le soldat jette un regard à l'intérieur de la fleur, puis la remet en place. Filis et moi poussons un soupir de soulagement. Comment Fabri a-t-il réussi à berner le soldat Dourbon?

Au bout d'un moment, nos poursuivants s'éloignent dans la jungle. Curieuse, Filis s'approche de la fleur où se cache Fabri.

— *Voilà un excellent camouflage,* s'exclame-t-elle.

Le bonhomme mauve sort de la fleur. Danlemil se pose près de nous. Filis nous regarde, la mine basse :

— *J'ai failli à ma mission! Je n'ai pas trouvé la sève aux mille vertus.*

— *Filis, tu n'as pas failli à ta mission. Ce ne sont pas les Dourbons qui possèdent la sève, dis-je. Malheureusement, nous n'avons plus le temps de la chercher, car le chef des Dourbons a devancé son attaque à cette nuit.*

— *Il faut prévenir Bellule et les autres tout de zuite!* ajoute Danlemil.

Filis vérifie que la voie est libre.

— *Allons-y!*

En chemin, ma tête tourbillonne : arriverons-nous à temps pour sauver la colonie? Où est la sève aux mille vertus? Est-ce que 3R-V a survécu à l'affrontement contre les Dourbons?

***

Les Dourbons reviennent bredouilles au campement.

— Les prisonniers se sont évaporés dans la nature, chef!

— Dans ce cas, nous n'avons pas une seconde à perdre. Passons à l'attaque avant que la colonie ait le temps de s'organiser.

Retenu par deux Dourbons, 3R-V capte la discussion. Il est heureux d'apprendre que ses amis sont libres. Le vaisseau-robot réfléchit à un plan d'évasion.

CHAPITRE 9

À l'attaque!

Mes amis et moi courons à toute vitesse vers la colonie. Ma patte est douloureuse, mais je tiens le coup. Fabri reste à côté de moi pour me supporter. Danlemil surveille nos arrières tandis que Filis nous montre le chemin.

Nous ralentissons la cadence au moment où d'énormes gouttes tombent du ciel.

— *Qu'est-ce que c'est?* demande Fabri.

— *Z'est de la pluie,* répond Danlemil.

— *QUOI?* s'étonne le bonhomme mauve. *Les gouttes sont énormes. On dirait des ballons d'eau!*

PLOUC!

Nous zigzaguons pour éviter les gouttes de pluie.
Mes plumes sont rapidement imbibées d'eau à cause des
éclaboussures. Fabri et moi avançons difficilement. Nos
pieds s'enlisent de plus en plus dans la boue.

— *Dépêchez-vous!* lance Danlemil. *J'entends
le claquement des pinces. Les Dourbons ne zont
pas incommodés par la pluie. Ils nous rattrapent!*

Au bout d'un moment, nous débouchons sur le village.
C'est le calme plat. Je scrute les environs à la recherche
d'un signe de vie. Le village est vide. Filis s'envole vers le
temple pour vérifier si Bellule est encore là.

— *C'est inutile. Il n'y a plus personne ici,* constaté-je

— *On dirait bien qu'ils ont finalement fui devant
la menace des Dourbons,* lance Danlemil, triste.

J'ai à peine le temps d'expirer que, sous mes pieds,
le sol tremble. Le claquement des pinces résonne plus
fort dans la tempête. L'armée des Dourbons apparaît à
l'entrée du village.

Le chef des Dourbons donne l'ordre à ses troupes de
ralentir. Zark braque son regard sur moi. En boitant, je
m'approche de lui.

— *Tu as gagné, Zark, ils ne sont plus ici,*
dis-je, tristement.

Le chef des Dourbons s'esclaffe.

— Crois-tu vraiment que je vais avaler cette histoire?

Zark me jette un regard terrifiant.

— C'est la fin de l'Alliance et rien ne l'empêchera!

Un éclair déchire le ciel au moment où le chef des
Dourbons se tourne vers son armée et crie, le bras en l'air :

— TROUVEZ-LES ET EXTERMINEZ-LES TOUS!
À L'ATTAAAAAQUE!

CHAPITRE 10

Une goutte de trop!

Un peu plus loin dans la jungle Enfouie, Tornu titube. Il tient dans ses bras la lourde fiole de cristal contenant la sève aux mille vertus. À cause de la pluie, le sol est de plus en plus vaseux sous ses pieds. Il se déplace avec beaucoup de difficulté. Sa fuite est grandement ralentie… En un tour de main, Tornu fabrique un brancard avec une feuille et y installe la fiole de cristal. Sa précieuse substance se transportera maintenant beaucoup plus facilement! Tornu zigzague entre les feuilles et les cailloux géants. Finalement, il débouche sur le barrage qui surplombe la colonie.

À ce moment-là, l'averse prend de l'ampleur : les gouttes de pluie se multiplient.

Une énorme fissure se forme dans le mur derrière lui.

— **C'est la goutte qui fait déborder le vase!** grogne Tornu.

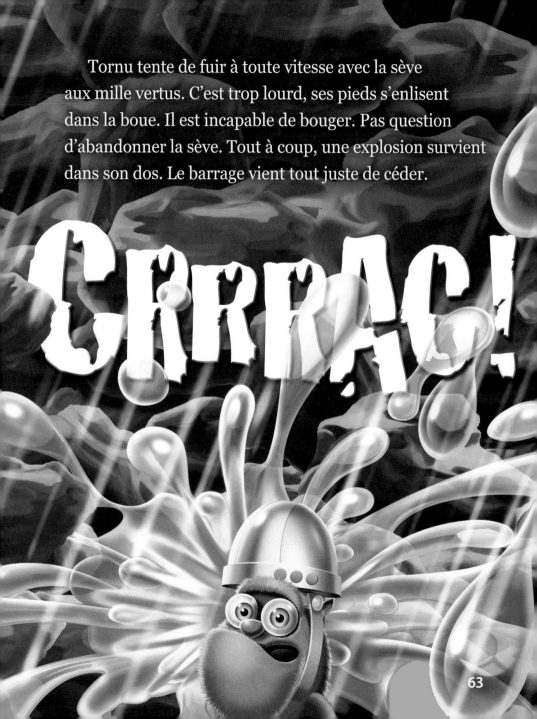

Tornu tente de fuir à toute vitesse avec la sève aux mille vertus. C'est trop lourd, ses pieds s'enlisent dans la boue. Il est incapable de bouger. Pas question d'abandonner la sève. Tout à coup, une explosion survient dans son dos. Le barrage vient tout juste de céder.

CRRRAC !

CHAPITRE 11

Dans le creux de la vague

Plus bas, dans la colonie, la voix du chef des Dourbons ordonne à son armée de passer à l'attaque.

Brusquement, Zark fige sur place, perplexe. Un grondement sourd attire son attention. Une énorme vague fonce droit sur lui. J'aperçois Tornu, apeuré, qui surfe sur l'eau.

La vague déferle à toute vitesse, engloutissant l'armée des Dourbons. Je tente de m'éloigner. Ma patte me fait encore souffrir.

Tout à coup, une ombre me bloque le chemin. C'est le chef des Dourbons. Il me fixe de ses yeux rouges.

Le géant insecte est aveuglé par la colère. Un autre éclair déchire le ciel. La pluie battante tombe sur nous. Le grondement de la vague est de plus en plus fort dans mes oreilles.

À côté de moi, c'est la débandade! L'armée des Dourbons court dans tous les sens pour trouver un refuge. *In extremis*, Danlemil attrape Fabri par le bras et s'envole difficilement vers l'arbre à fleurs. L'eau se déverse violemment entre les racines. Un à un, les Dourbons sont emportés par le courant.

— Tout ça est de ta faute! accuse Zark. **Tu nous as entraînés dans un guet-apens.**

— *Non, c'est faux!* dis-je, sur la défensive.

La vague nous atteint à ce moment-là. Je suis entraîné sous l'eau par le puissant courant avec le chef des Dourbons.

CHAPITRE 12

Voler au secours!

Les insectes de la colonie réfugiés dans l'arbre à fleurs observent avec horreur la terrible scène. Une énorme vague déferle sur le village, entraînant avec elle tous les Dourbons.

Zark et moi tourbillonnons sous l'eau. Je perds de vue mon ennemi. Le courant m'entraîne directement vers le fond. Je ne sais plus distinguer le haut du bas.

Ayant déjoué ses geôliers, 3R-V arrive au village de la colonie. Aussitôt, le vaisseau-robot plonge dans la vague. Il s'enfonce sous l'eau à ma recherche. Je n'ai pas le temps de nager vers lui. Ma tête heurte un énorme caillou. Je ferme les yeux, inconscient.

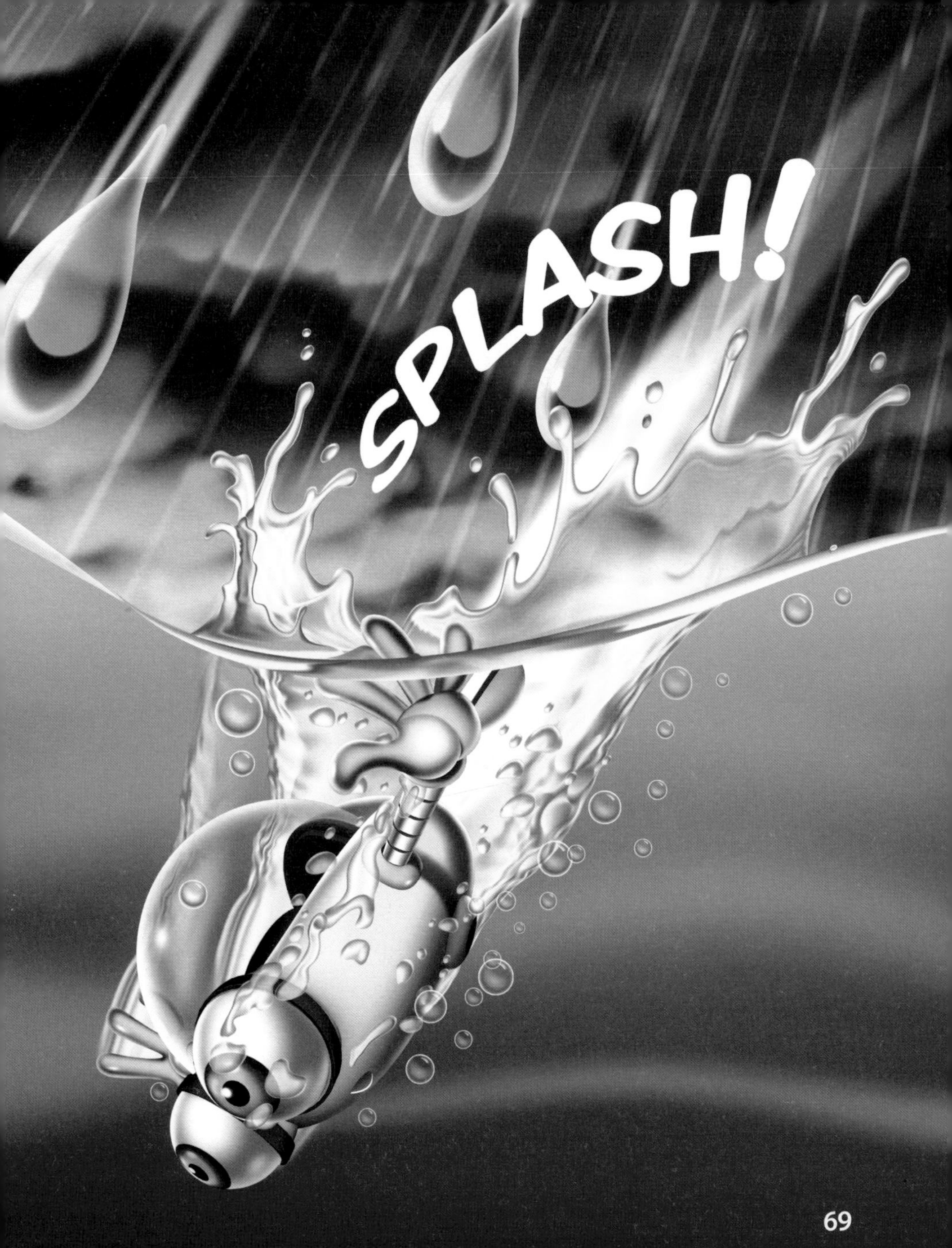
SPLASH!

***

Bellule admire le courage du vaisseau-robot. À son tour, la grande sage déploie ses vieilles ailes et s'envole au secours des Dourbons. Tous les insectes de la colonie suivent son exemple.

Les insectes ailés soulèvent un à un les Dourbons hors de l'eau. Quant aux autres insectes, installés sur la racine de l'arbre à fleurs, ils tendent des perches aux malheureux Dourbons. Peu à peu, l'armée des Dourbons est mise à l'abri.

Il ne reste plus qu'un Dourbon dans l'eau et c'est le plus costaud : Zark. Il se dirige tout droit vers le gouffre sans fond.

Bellule arrive juste à temps pour attraper la pince du chef des Dourbons avant qu'il ne tombe dans le vide. La grande sage bat à toute vitesse des ailes pour maintenir l'énorme insecte au-dessus du précipice. Bellule est de plus en plus fatiguée. En panne d'énergie, les ailes de Bellule cessent de battre. La grande sage chute dans le vide avec le chef des Dourbons.

Tous les insectes de la colonie, même les Dourbons, retiennent leur souffle. Au bout de quelques secondes, l'attente est insoutenable.

Alors que tous imaginaient le pire, Bellule et le chef des Dourbons surgissent hors du gouffre sans fond. Exténuée, Bellule s'effondre avec Zark sur une racine de l'arbre à fleurs. Au même moment, la pluie cesse, laissant apparaître le soleil radieux de l'aube.

Dans la colonie, c'est un soulagement! Tous les insectes applaudissent de joie. Danlemil et Filis se posent près de Bellule, puis l'aident à se relever.

Fabri arrive près de ses amis insectes.

— *Quelqu'un a vu Cosmo ou 3R-V?* demande le bonhomme mauve avec une petite voix triste.

CHAPITRE 13

À contre-courant

L'eau du bassin déferle toujours à travers le village de la colonie. Sous l'eau, 3R-V utilise son projecteur pour se déplacer. Tout est sombre. 3R-V est secoué par le courant. Devant ses yeux, plusieurs particules non identifiées tourbillonnent dans l'eau.

Malheureusement, il n'y a aucune trace de Cosmo.

3R-V ne désespère pas. Il nage vers le bas. Le courant est plus rapide à mesure que le vaisseau-robot approche du gouffre. 3R-V est inquiet : trouvera-t-il Cosmo à temps? Si le dodo tombe dans le gouffre sans fond, c'est la fin.

Tout à coup, 3R-V capte quelque chose avec son radar.
C'est Cosmo! Le vaisseau-robot fonce à vive allure vers

***

Les larmes aux yeux, Fabri fixe la surface de l'eau. Danlemil et Filis survolent la vague à la recherche des deux amis disparus. C'est alors que 3R-V sort comme une flèche, Cosmo dans les bras.

Le vaisseau-robot dépose Cosmo sur la racine, près de Fabri et de Bellule. Le dodo est toujours inconscient.

— *Est-il... mo... mor...?* bafouille Fabri.

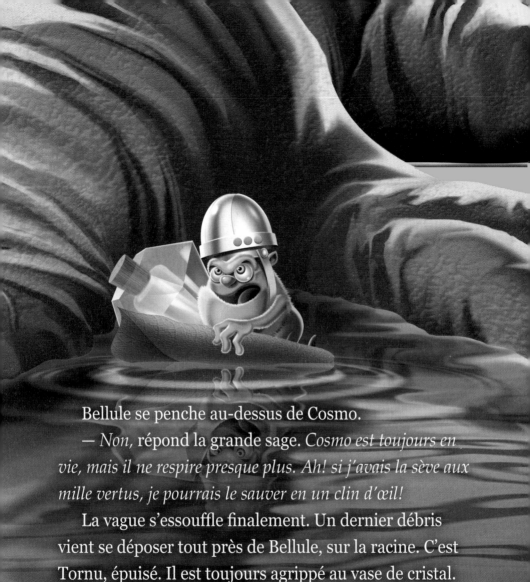

Bellule se penche au-dessus de Cosmo.

— *Non*, répond la grande sage. *Cosmo est toujours en vie, mais il ne respire presque plus. Ah! si j'avais la sève aux mille vertus, je pourrais le sauver en un clin d'œil!*

La vague s'essouffle finalement. Un dernier débris vient se déposer tout près de Bellule, sur la racine. C'est Tornu, épuisé. Il est toujours agrippé au vase de cristal.

— **Oh! regardez! C'est la zève aux mille vertus!** s'écrie Danlemil, surexcité.

Sans perdre une seconde, Bellule cueille une goutte de la sève miraculeuse à l'aide d'une feuille, puis la verse dans mon bec.

Une sensation chaleureuse envahit tout mon corps. La chaleur se répand jusqu'au bout de mes plumes. Mon cœur se met à battre de plus en plus fort. Je crache un peu d'eau, puis prends une grande respiration. Une lumière réconfortante émane de moi.

Je suis tout plein de vie, même ma patte ne me fait plus mal! C'est grâce à la sève aux mille vertus qui circule dans mes veines.

Je cligne des yeux. Au-dessus de moi, j'aperçois le visage de Bellule tout embrouillé. Rassurée, la grande sage se recule. Derrière elle, mon ami 3R-V est là, souriant. À ses côtés, Fabri sautille de joie.

CHAPITRE 14

Constat

— *Tornu, tu es notre héros!* crie Fabri.

— **Ggrr!** grogne Tornu.

— *Zois heureux,* lance Danlemil. *Tu as trouvé la zève aux mille vertus et tu as zauvé Cosmo!*

— **Ggrr!** grogne de nouveau Tornu. Il tourne le dos à ses admirateurs et s'éloigne en bougonnant.

***

Je regarde autour de moi, désolé par le ravage causé par la vague. Elle a tout détruit sur son passage, laissant la colonie toute à l'envers : plusieurs zones sont recouvertes de boue, il reste quelques flaques d'eau et de nombreux débris jonchent le sol.

Mon regard se pose ensuite sur les personnes près de moi. Les Dourbons sont mêlés aux autres insectes de la colonie. Je suis surpris. Même le chef des Dourbons est présent, assis près de Bellule.

Alors que la grande sage sèche ses ailes, Zark se tourne vers elle et dit :

— **Vous avez sauvé ma vie et celle de mon clan. Pourquoi?**

— *L'Alliance nous enseigne à préserver la vie,* explique Bellule. *Je ne pouvais pas vous abandonner. Même si vous ne voulez pas y participer, vous faites partie de l'Alliance.*

Zark réfléchit à ces paroles.

— **Sans l'Alliance, les Dourbons n'existeraient plus aujourd'hui,** admet le chef des Dourbons.

Zark prend une grande respiration et ajoute tristement :

— **Si nous joignons l'Alliance, quel rôle occuperons-nous? La seule aptitude des Dourbons est notre force. Nous ne savons que faire la guerre.**

Personne n'a de réponse à sa question. Les voix des deux têtes rompent le silence. Droite et Gauche se chamaillent à la sortie de la jungle.

— *J'avais raison de tourner à droite! Regarde, nous sommes arrivées!* dit fièrement Droite.

— Idiote, nous sommes de retour dans la colonie! Nous devions aller dans le campement des Dourbons.

— *Que s'est-il* passé ici? s'interrogent les deux têtes à la vue de la colonie dévastée.

Les deux têtes tournent les yeux vers l'arbre à fleurs juste à temps pour voir un fruit tomber directement sur Bellule.

— *Atten***tion!**

crient les jumelles.
Épuisée, la grande sage est trop faible pour se déplacer rapidement.

En vitesse, Zark tend son énorme pince au-dessus de
Bellule pour arrêter le fruit.

La coquille éclate en mille morceaux!

C'est le silence total dans la colonie. Quelques phrases s'élèvent de la foule : **Comment a-t-il fait ça? C'est impossible! Wow!**

— *Voilà* **la solution!** s'écrient les deux têtes.

— *Vous venez de sauver la magnifique espèce des arbres à fleurs,* explique joyeusement la tête droite.

— *Grâce à votre force spectaculaire, vous ouvrirez tous les fruits jamais ouverts,* lance Bellule aux Dourbons.

Les deux têtes arrivent à côté de moi. Préoccupées, elles répètent constamment les paroles de Bellule tout bas.

— *Tous les fruits jamais ouverts...* répète Droite

— *Qu'y a-t-il à comprendre?* demandé-je.

— **Réfléchis à ces mots, Cosmo. « Tous les fruits jamais ouverts... »** lance Gauche.

— *Cet arbre n'est pas le dernier de son espèce!* affirme Droite.

— **C'est une grande découverte!** jubile Gauche.

— *Ah! oui?* dis-je, un peu perdu.

— *Cet arbre à fleurs n'est pas le dernier de son espèce,* **mais le premier!** lancent les deux têtes, fascinées par leur découverte.

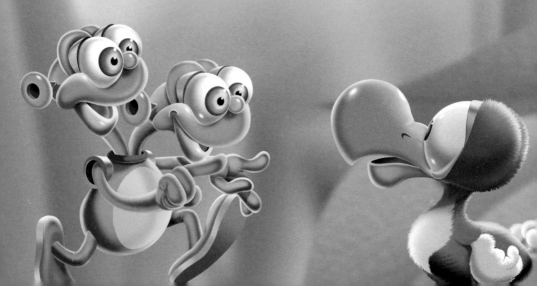

— **Voilà le rôle que nous occuperons dans l'Alliance!** réalise Zark.

Le chef des Dourbons prend un temps de réflexion et ajoute fièrement :

— **Dorénavant, les Dourbons ne seront plus des guerriers féroces, mais de grands bâtisseurs de colonie! Vive la grande Alliance!**

CHAPITRE 15

Petit deviendra grand

Le soleil se lève à l'horizon. La colonie a le cœur à la fête. Malgré le grand nettoyage à faire, les insectes sont heureux. Tous, même les Dourbons, aident à leur façon à rebâtir la colonie. Tous travaillent en symbiose. Certains déplacent de gros morceaux de bois avec leurs pinces, d'autres aident à la reconstruction du barrage.

Fabri demande à Bellule de donner une goutte de la fameuse sève à Danlemil.

— *C'est pour le remettre à pic!* explique Fabri à Bellule en pointant le dard cassé de son ami insecte.

— *Ça ne sert à rien,* déplore Bellule. *La sève aux mille vertus peut faire bien des accomplissements, mais elle ne peut faire repousser son dard.*

Fabri perçoit la déception dans les yeux de Danlemil. Le bonhomme mauve s'approche et ferme les yeux pour faire une accolade à son nouvel ami.

— *Ne sois pas triste, Danlemil! Tu resteras toujours un champion pour moi.*

En ouvrant les yeux, surprise! Ce n'est pas Danlemil qu'il tient dans ses bras, mais l'arbre à fleurs.

À côté de lui, Fabri voit les deux têtes grandir tout d'un coup.

— *C'est notre invent'œuvre!* lance Droite.

— **La substance rétrécissante ne fait plus effet,** explique Gauche.

À son tour, 3R-V reprend sa taille normale. Il ne reste plus que moi. Soudain, je sens mes ailes s'étirer lentement. Mon bec s'allonge sous mes yeux. Mes orteils augmentent de taille d'un seul coup.

Je remarque l'étonnement de Bellule et des insectes tout autour. J'ai juste le temps d'entendre :

— *Vous ferez toujours partie de l'Alliance,* crie Bellule.

— **Nous ne vous oublierons pas,** ajoute le chef des Dourbons. **Merci!**

Au bout d'un moment, notre transformation est complète. Je vérifie que tous mes amis sont indemnes. Fabri tâte son corps plus grand. Les deux têtes se regardent face à face. 3R-V examine toutes ses pièces. Un seul manque à l'appel : Tornu! Où est-il?

Un grognement attire notre attention derrière l'arbre à fleurs. Les yeux plissés, Tornu regarde un trou dans l'arbre à fleurs.

— *Que fais-tu, Tornu?* demande Fabri.

— **Mon doigt est trop gros. Je n'arrive pas à le mettre à l'intérieur de l'arbre à fleurs**, répond Tornu.

— *Oh! non!* Tu ne voleras pas la sève aux mille vertus, lance Fabri, en colère.

— **Qui m'en empêchera?** demande Tornu avec arrogance.

— *Un insecte géant!* répond Fabri.

— **Tu n'as rien appris, Fabri! Les insectes géants, ça n'existe pas!** rétorque Tornu.

Soudain, Tornu ressent une douleur aiguë au postérieur.
Il se tourne vers Fabri. Déguisé en insecte, le bonhomme
mauve tient dans ses mains une branche d'arbre pointue.

— **Au contraire, ça existe!** lance Fabri avec courage.

Tornu prend ses jambes à son cou, poursuivi par Fabri
et son dard improvisé. À la vue de cette scène, nous éclatons
tous de rire.

— Cette aventure a transformé Fabri! lance 3R-V

— *Je crois bien que cette aventure nous a tous transformés!*

De retour au télescope, je rencontre les espérances :
elles sont heureuses que nous ayons sauvé cette espèce
unique d'arbre!

Je constate que la planète filante a enfin traversé le
désert sidéral. Notre planète se dirige désormais vers une
multitude d'aventures les plus prometteuses les unes que
les autres. Tout comme nous avons sauvé l'arbre à fleurs,
nous sauverons aussi mon espèce. Un jour, je trouverai
d'autres dodos. Ma quête continue...

Fin!

www.cosmoledodo.com

Répertoire des Webonus de cette aventure

Amuse-toi avec les Webonus : jeux, encyclopédies, jeux-questionnaires, fonds d'écran et autres surprises!

Tape l'adresse du site Web de Cosmo :
www.cosmoledodo.com
et entre le code inscrit dans la pastille
que tu trouveras au coin de la page.
Tu accèderas aux Webonus!

Cosmo LE DODO™

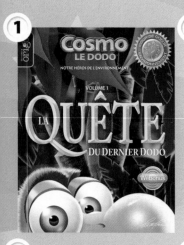

1 — VOLUME 1 — LA QUÊTE DU DERNIER DODO

2 — VOLUME 2 — LA PLANÈTE FILANTE

3 — VOLUME 3 — LE VOLEUR DE NOCS

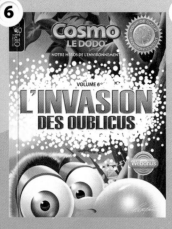

6 — VOLUME 6 — L'INVASION DES OUBLICUS

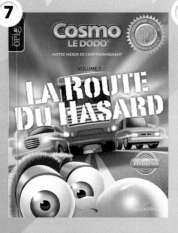

7 — VOLUME 7 — LA ROUTE DU HASARD

8 — VOLUME 8 — L'Alliance 1 — LES INCONNUS

4

5

9